SOPA DE LIBROS

© Del texto: Ana Alcolea, 2019
© De las ilustraciones: David Guirao, 2019
© De esta edición: Grupo Anaya, S. A., 2019
Juan Ignacio Luca de Tena, 15. 28027 Madrid
www.anayainfantilyjuvenil.com
e-mail: anayainfantilyjuvenil@anaya.es

1.ª edición, marzo 2019

Diseño: Manuel Estrada

ISBN: 978-84-698-4828-9
Depósito legal: M-41-2019

Impreso en España - Printed in Spain

PAPEL DE FIBRA
CERTIFICADO

Las normas ortográficas seguidas son las establecidas por la Real Academia
Española en la *Ortografía de la lengua española*, publicada en 2010.

El abrazo de la sirena

SOPA DE LIBROS

Ana Alcolea

El abrazo
de la sirena

Ilustraciones
de David Guirao

ANAYA

Cuando llegó la chica nueva
a la clase de Miguel, todos
la miraron de arriba abajo.
Y también de abajo arriba.
No es que la niña tuviera nada
especial. Tenía dos agujeros en
la nariz, dos ojos, dos orejas,
incluso dos brazos y dos piernas.
Hasta tenía dos trenzas largas
que se recogían con dos lazos.

—Mañana tendréis una nueva
compañera —les había dicho

la seño el día anterior—. Tratadla muy bien. Está muy triste.

—¿Y por qué está tan triste, señorita Carmen? —le había preguntado Miguel desde la tercera fila.

—Porque su mamá ha muerto hace dos semanas. Vivían en otra ciudad, pero acaban de trasladar a su padre y se han mudado hace unos días. Así que quiero que pongáis todo vuestro empeño para que se encuentre lo mejor posible.

—¿Y cómo se llama?

—Se llama Sabina.

El nombre de Sabina le traía recuerdos a Miguel. Un día había conocido a una mujer que vivía en una extraña cabaña dentro

de un árbol. Una mujer que le había regalado un libro y a la que le cambiaba misteriosamente el color del pelo. No le había preguntado su nombre, pero siempre había pensado que tenía que llamarse Sabina.

Así que cuando Sabina llegó al colegio, todos la miraron de arriba abajo. Y de abajo arriba. Pero no le dijeron nada. Ni ella a ellos. No. El primer día nadie dijo nada.

Mientras Miguel iba a su casa, pensaba en lo que le había pasado a aquella niña de las trenzas. Y en cómo se sentiría él si le ocurriera lo mismo. No podía imaginar su vida

sin su madre. Cuando le pasaba
algo, ella siempre lo curaba, con
medicamentos, con sus palabras,
con su sonrisa, o solo con su
presencia. La existencia de

su madre le hacía sentirse seguro en el mundo. Pensaba que aunque se cayeran todas las estrellas y los mares se desbordaran, nada podía ocurrirle a él si tenía cerca a su madre. Por eso, la posibilidad

de perderla le hacía temblar.

Cuando llegó a casa, su perro Gustavino se le acercó

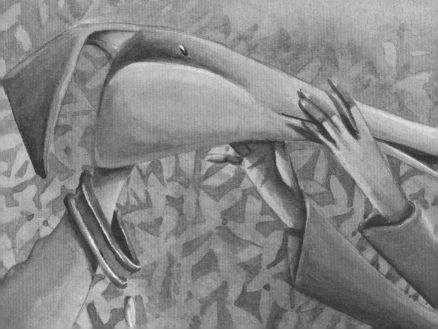

a lamerlo como hacía todos
los días. Miguel se agachó y lo
abrazó a cambio de dos lametones
en la cara y de una petición para
sacarlo a hacer pis como todos
los días cuando el chico
llegaba del cole.

Cogió la bolsa y el guante para recoger los excrementos del perro, le puso la correa y salieron ambos hacia el parque. Por el camino se encontraron a Sabina.

—Mira, Gustavino, esa es la chica nueva. Vamos a decirle «hola».

El perrito movió el rabo de lado a lado, asintiendo, pero muy impaciente, pues tenía verdaderas ganas de hacer sus necesidades, y no las iba a hacer delante de aquella chica desconocida.

—Hola.

—Hola —respondió ella—. Estás en mi clase, ¿verdad?

—Sí.

—¡Qué majo es tu perro!

—Sí. Se llama Gustavino y es un galgo.

—Eso ya lo veo. Yo también tenía uno así. Era negro, brillaba tanto que parecía que tenía luz. Pero ya no está.

—¿Y eso?

—Murió.

—¿Como tu madre? —Miguel se arrepintió inmediatamente de haber hecho aquella pregunta.

—Sí. Yo tenía un perro y una madre, y ahora no tengo a ninguno de los dos.

Miguel vio que de los ojos de la chica empezaban a asomar dos lágrimas, que enseguida se deslizaron por sus mejillas.

—¿Cómo te llamas?

—Miguel. Me llamo Miguel. Ya sé que tú te llamas Sabina. Es un nombre muy chulo.

—Me lo puso mi madre. ¿Quieres saber por qué?

En ese momento paró un coche al lado de los chicos. Un hombre lo conducía.

—Es mi padre. Nos vemos mañana. Adiós, Miguel. Adiós, Gustavino.

Gustavino sintió un gran alivio cuando vio alejarse el coche. Solo faltaba un minuto para que llegaran al parque y pudiera por fin hacer lo que necesitaba desde

hacía un buen rato. Tiró de
la correa hacia adelante porque
Miguel se había quedado quieto,
viendo cómo Sabina se alejaba
en el coche de su padre.

Al día siguiente, la maestra se mostraba muy contenta:

—Mañana iremos de excursión a la playa. Vamos a estudiar la vida marina *in situ*.

—Seño, ¿qué quiere decir *in situ*? —preguntó una de las chicas de la última fila.

—Quiere decir «en el lugar». O sea, en el mismo sitio en el que ocurren las cosas. No solo de

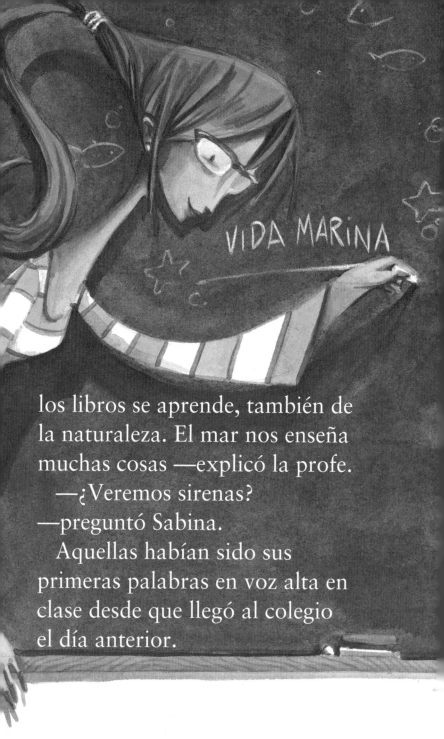

VIDA MARINA

los libros se aprende, también de la naturaleza. El mar nos enseña muchas cosas —explicó la profe.

—¿Veremos sirenas? —preguntó Sabina.

Aquellas habían sido sus primeras palabras en voz alta en clase desde que llegó al colegio el día anterior.

—Las sirenas no existen —contestó la seño.

—Claro que existen —insistió Sabina.

Hubo risitas en la clase. El corazón de Miguel latía más fuerte que nunca. Miraba a Sabina y a la seño. A la seño y a Sabina.

—¡Yo las he visto! —exclamó por fin—. Por supuesto que existen.

Sabina le lanzó una sonrisa. La primera que se formaba en su cara desde hacía dos semanas. Miguel le devolvió la sonrisa.

—Las sirenas son seres que se inventaron los humanos hace miles de años para advertir de los peligros del mar. Eran criaturas terribles que atraían a los navegantes con sus cantos, y los hacían naufragar cuando

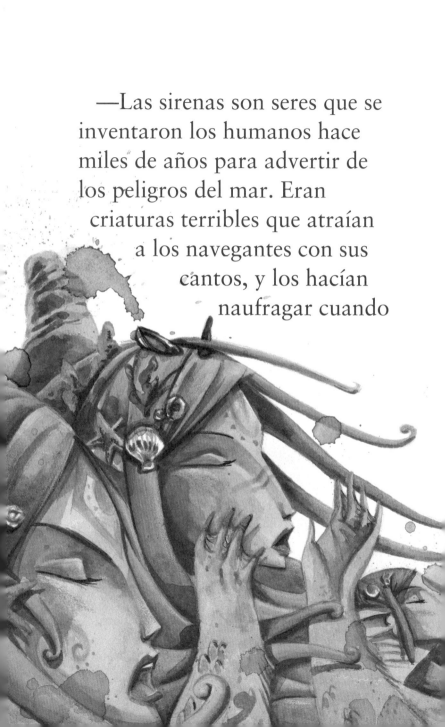

llegaban a las escarpadas rocas donde vivían —explicó Carmen, la seño.

—Mi mamá vive con las sirenas —dijo Sabina.

—¿Se ahogó? —le preguntó su compañero de mesa, Paquito.

—No. Pero vive con las sirenas. Ellas la cuidan y ella las cuida. Me lo dijo mi padre.

—Pues vaya cosas más raras que te cuenta tu padre —replicó Mireia.

—Las sirenas son así. Es que no tenéis ni idea, chicos —intervino de nuevo Miguel—. Y sí, seguro que mañana vemos sirenas. Al menos Sabina y yo las veremos. A lo mejor vosotros no. Las sirenas no dejan que las vea la gente que no cree en ellas.

—¿Haremos esnórquel? —preguntó el chico de la primera fila junto a la ventana.

—Sí. Traed vuestros equipos de esnórquel. Hay muchas cosas que descubrir —dijo entusiasmada la señorita Carmen.

—Veremos sirenas —repitió Sabina.

—Veremos sirenas —volvió a repetir Miguel.

Gustavino se quedó en casa a regañadientes. Movía el rabo y daba vueltas alrededor de sí mismo, que es como manifestaba sus desacuerdos. Él quería ir de excursión a la playa, pero no le habían dejado. Miguel se lo había pedido a la maestra, pero ella había dicho que no, reconocía que Gustavino era un perro estupendo, aunque no podía dejar que una mascota fuera a la excursión porque los demás habrían querido llevar también a las suyas. A la señorita Carmen le entraban pesadillas de pensar que tendría que hacerse cargo no solo de quince niños,

sino también de cinco gatos,
tres perros, siete hámsteres,
tres periquitos, dos agapornis,
tres tortugas y una serpiente.
La playa no era una playa
normal. No solo tenía arena
y piedras, sino que estaba
flanqueada por dos
acantilados llenos
de cuevas. Se decía
que años atrás
los piratas
escondían

allí sus tesoros, y que
seguramente las cuevas todavía
guardaban cofres llenos de oro,
de perlas y de piedras preciosas.

—¿Si encontramos un tesoro
nos lo podremos quedar?
—preguntó Paquito.

—No vas a encontrar nada, así
que no te preocupes por ello
—le contestó Carlota.

—Ya, pero ¿y si
encontramos algo?
—insistió.

—El museo estará encantado de que se lo lleves —contestó la seño.

—Yo tengo un anillo muy especial —le dijo Sabina al oído de Miguel, que se había sentado a su lado—. Mira.

Y le enseñó una sortija con una piedra azulada que tenía reflejos parecidos al nácar de las conchas del mar.

—Me lo regaló mi madre poco antes de morir. Me dijo que dentro tenía una estrella. Y que cuando viera la estrella, querría decir que ella estaba conmigo.

—¿Quieres decir que tu madre está encerrada en esta piedra?

—No. No está en la piedra, está con las sirenas. Pero la estrella del anillo es como una señal de que ella está conmigo.

—¿Y la has visto ya?

—No. Dice mi padre que solo se ve cuando le da una luz muy intensa, y que ahora estamos tan tristes que es como si estuviéramos rodeados de oscuridad. Pero yo sé que la estrella está ahí dentro y que un día la veré.

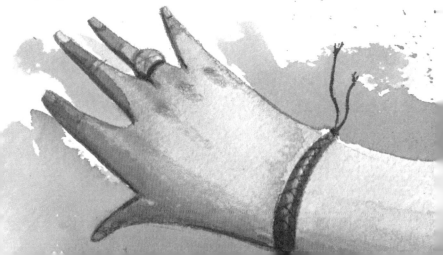

Los chicos y las chicas se pusieron sus equipos y cogieron sus tubos de esnórquel. La seño quería enseñarles la vida marina que hay cerca de la orilla.

La mar estaba tranquila, era un espejo en el que se miraba

el sol. El agua brillaba como si parpadearan sobre él todas las estrellas del universo. Las olas no eran sino ligeras ondulaciones, tan pequeñas que apenas se veían: parecía que el mar respiraba suavemente: arriba, abajo; abajo, arriba…

Fueron todos caminando un rato dentro del mar. Por fin llegaron hasta donde el agua les llegaba a la cadera. Ahí dijo la seño que podían empezar a meter la cabeza y mirar lo que escondía el mar. La primera en ver algo fue Martina.

—He visto peces. ¡Qué pequeños!

—¡Y son plateados! —gritó Eduardo.

—Y hay un montón —corroboró Mohamed.

—Ay, no me gusta que me rocen las piernas —dijo con cara de asco Alina.

—Pues a mí sí. Me encanta —reconoció Érika.

Miguel y Sabina se habían retirado unos metros de sus compañeros. Ellos no tenían ningún interés en los pequeños

peces plateados que los rodeaban.
Ni en las algas verdes que se
les enroscaban en las piernas,
y que, según la seño, eran muy
ricas en clorofila y en otras cosas
que no conocían todavía. Ellos
querían ver a las sirenas. Pero
miraban y miraban dentro del
agua y no veían nada que se
les pareciera.

—Nada. No quieren que las
veamos —dijo Miguel.

—¿De verdad estáis buscando
sirenas? —preguntó Pedrito—.
Estáis mal de la cabeza.

—Cállate, no tardarán en
aparecer —dijo Sabina—.
De pronto, se miró la mano y
su piel se tiñó de blanco—. Ay.

—¿Qué pasa?, ¿te ha picado alguna medusa?

—Ay —repitió la chica—. ¡Mi anillo! ¡No está en el dedo! ¡Se me ha perdido! ¡No puede ser!

—¿Has entrado en el mar con el anillo de tu madre? —le preguntó Miguel—. ¡Vaya ocurrencia!

—Sí, se ha debido de aflojar con el agua y lo he perdido. ¡Tengo que encontrarlo! No puedo perderlo. ¡Tiene dentro la estrella de mi madre! Si lo pierdo, no la podré sentir junto a mí nunca más.

Sabina metió la cabeza dentro del agua y empezó a mirar sobre la arena en los lugares donde

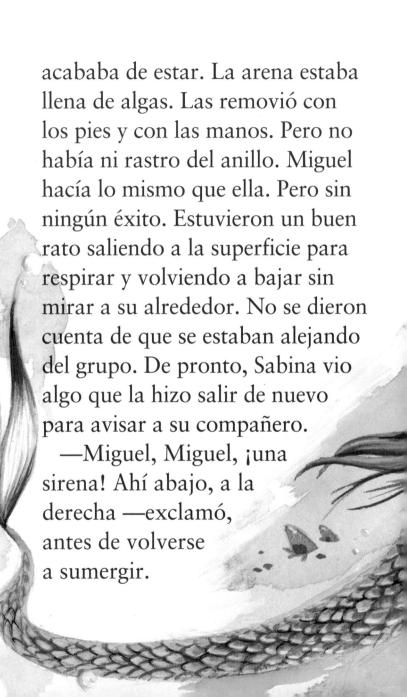

acababa de estar. La arena estaba llena de algas. Las removió con los pies y con las manos. Pero no había ni rastro del anillo. Miguel hacía lo mismo que ella. Pero sin ningún éxito. Estuvieron un buen rato saliendo a la superficie para respirar y volviendo a bajar sin mirar a su alrededor. No se dieron cuenta de que se estaban alejando del grupo. De pronto, Sabina vio algo que la hizo salir de nuevo para avisar a su compañero.

—Miguel, Miguel, ¡una sirena! Ahí abajo, a la derecha —exclamó, antes de volverse a sumergir.

Efectivamente, bajo las aguas se deslizaba un ser extraño. De lejos se podría haber confundido con un pez, pero una larga melena y unas manos que movían el agua junto a su cuerpo decían que aquello no era exactamente

un pescado. Miguel y Sabina la siguieron hasta que las aguas se hicieron más oscuras.

La misteriosa criatura se volvió en dos ocasiones para indicarles el camino. Cuando salió del agua, Sabina y Miguel hicieron lo mismo.

Lo primero que les llamó la atención fue que todo estaba mucho más oscuro que cuando se habían sumergido. Miraron hacia arriba. El sol y el cielo habían

desaparecido. Estaban en una
de aquellas cuevas de las que
se contaban cosas terribles del
pasado... La extraña criatura con
cola de pez los había dejado solos
en algún misterioso lugar. Miguel
y Sabina se sentaron en una roca
cubierta de algas desde la que
se veía la entrada de la caverna
y un cachito de cielo.

—¿Dónde estamos? —preguntó
Sabina.

—En la cueva de los piratas
—contestó Miguel con un
temblor en su voz.

No quería reconocerlo, pero
aquel lugar le daba miedo.
Estaba oscuro y se habían alejado
de sus compañeros. Seguro que
la seño Carmen llevaba un susto
encima que no le cabía en
el cuerpo.

—Tenemos que volver —acertó
a decir el niño—. Estarán
preocupados. Se creerán que
nos hemos ahogado.

—La sirena nos ha traído hasta
aquí. Tal vez se haya llevado mi
anillo y me lo quiera devolver.

—Sabina, cuando dije que creía que las sirenas existen, lo hice solo para apoyarte delante de la clase, para que los demás no pensaran que estás un poco loca por lo de la muerte de tu madre. Pero yo no creía en las sirenas.

—Pues te equivocabas.

Así dijo una voz que interrumpió el diálogo de los chicos. Sentada en una roca detrás de la suya había una mujer de cabellos muy largos y rojizos, coronados por una diadema de algas y corales. Sus ojos oscuros los miraban intensamente. Entre sus dedos, el anillo de Sabina brillaba a pesar de la poca luz

que había en la cueva. La mujer
no tenía piernas, sino una gran
cola de pez plateado.

—Bienvenidos al lugar donde
habitan las sirenas —les dijo.

—Nos hemos perdido —afirmó
Miguel.

—Hemos seguido a una de tus
compañeras —reconoció Sabina,
sin dejar de mirar la mano de la
sirena.

—Nos estarán buscando.
Estarán todos preocupados.

Miguel pensaba en su seño, en
sus compañeros, y en sus padres
que a esas horas ya estarían
avisados de su desaparición.

—No os preocupéis. Nadie
os va a echar de menos ahí fuera.

—¿Y eso por qué? —preguntó
Miguel.

—Porque donde habitan
las sirenas no existe el tiempo
—le contestó Sabina—. Eso me
decía siempre mi mamá. ¿Verdad
que es por eso, sirena?

—Tu mamá tenía razón,
pequeña. Aquí no existe
el tiempo. Si me preguntáis

cuántos años tengo, tendría que
deciros que tengo… Bueno, os lo
diría si me lo preguntarais, pero
no lo habéis hecho.

Miguel miró a su amiga y
se atrevió a emitir la pregunta.

—¿Cuántos años tienes, sirena?

—Tengo tres mil tres años,
cuatro meses, siete días, trece
horas, y cuarenta y siete
minutos. Bueno, ya casi
cuarenta y ocho.

Sabina y Miguel se miraron boquiabiertos ante la respuesta de la sirena. Nadie en el mundo medía el tiempo con tanta precisión, con tanta exactitud.

—Nadie puede vivir tantos años —replicó el chico.

—Las personas y los animales no pueden, tenéis razón. Pero es que yo, a pesar de mi apariencia de mitad persona y de mitad animal, no soy ni una cosa ni otra. Así que eso no sirve para mí. Las sirenas podemos vivir mucho tiempo.

—¿Y mi mamá está aquí? —preguntó Sabina, un poco cansada ya de tanto discurso sobre el tiempo.

—No. No está aquí —le
contestó la sirena, mientras
miraba el tubo de esnórquel
de la chica.

—Mi padre dice que está con
las sirenas, que ellas la cuidan
y que ella cuida de ellas, como
hacía antes conmigo. Y mi padre
nunca miente.

—No. Tu padre no te ha
mentido, Sabina. Pero tu madre
no está aquí.

—Pues no lo entiendo. Si este es
el lugar en el que viven las sirenas,
mi madre debería estar aquí.

—Verás, Sabina, es que esto
es un poco complicado. Hace un
momento os he dicho que aquí no
existe el tiempo, ¿verdad, chicos?

Sabina y Miguel asintieron con la cabeza.

—Pues ocurre que donde viven las sirenas tampoco existe el espacio. —Sabina y Miguel se miraron extrañados: aquello era mucho más complicado que lo que explicaba en clase la señorita Carmen.

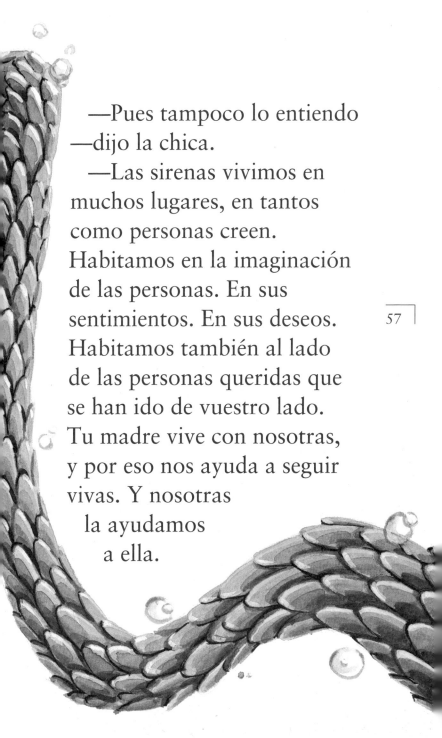

—Pues tampoco lo entiendo
—dijo la chica.

—Las sirenas vivimos en
muchos lugares, en tantos
como personas creen.
Habitamos en la imaginación
de las personas. En sus
sentimientos. En sus deseos.
Habitamos también al lado
de las personas queridas que
se han ido de vuestro lado.
Tu madre vive con nosotras,
y por eso nos ayuda a seguir
vivas. Y nosotras
la ayudamos
a ella.

Porque mientras haya alguien en
el mundo que piense en ella,
tu madre estará viva y nosotras
también. De igual modo,
mientras haya alguien que piense
en nosotras, tu madre y todas
las madres y todos los padres que
se hayan ido del mundo, seguirán
viviendo. Porque todos vivimos
en el pensamiento de los demás.
Por eso, querida Sabina,
tu madre vive aquí dentro de esta
cueva —dijo mientras tocaba
la frente de Sabina—. Vive
dentro de ti. Tú eres la cueva
que la protege y la cuida.

Sabina se quedó callada,
contemplando a la sirena, e
intentando digerir sus palabras

que, como la mujer pez había
dicho, eran bastante complicadas.

—Y usted, ¿por qué sabe mi
nombre?

—Porque las sirenas conocemos todo lo que hay a nuestro lado.

—¿A «nuestro lado»? —preguntó el chico.

—Sí, Miguel. A «nuestro lado» —afirmó al mismo tiempo que señalaba su cabeza con un dedo.

La sirena se acercó a los chicos y les dio un abrazo a cada uno.

—¡Uf! Estáis muy mojados. Creo que es hora de que volváis con vuestra maestra y con vuestros compañeros.

Sabina iba a preguntarle también por el anillo que había visto en su mano. Su anillo, el que guardaba la estrella. Quería saber por qué lo tenía la sirena. Y por qué no se lo

devolvía. Pero ya no tuvo tiempo.
Porque la sirena se metió
en el agua y desapareció en
las profundidades de la gruta.

Cuando salieron de la cueva, Miguel y Sabina miraron hacia donde todavía estaban sus compañeros. Oían sus voces hablando de peces, algas y caracolas marinas. No parecían que los hubieran echado de menos.

Se acercaron buceando
y sin mirar hacia atrás.
Grupos de peces plateados
los acompañaron. Algas de
diferentes tonos de verde se
enroscaron en sus piernas varias
veces. Vieron algunas caracolas
marinas de diferentes tamaños.
También fragmentos de coral
blanco, arrancados de algún

arrecife por la fuerza de
las corrientes.

Cuando emergieron a
la superficie, la señorita Carmen
contemplaba varias conchas de
nácar que había encontrado
Alexandra.

—Son preciosas —exclamó—.
Dentro de ostras así se hacen las
perlas.

—¿Como las de los tesoros de
los piratas? —preguntó Carlitos.

—Podríamos ir hasta
las cuevas, seño, a ver si
encontramos el cofre de
los bucaneros —sugirió Patricia.

—Vamos, vamos. No hay
tesoros escondidos. Si hubo
algún día, seguro que alguien

los encontró hace tiempo.
No hay que creerse todo lo
que dicen. ¿Verdad, Miguel?
¿Qué habéis visto vosotros?

—Nosotros hemos visto una sirena —afirmó.

Todos los demás, menos Sabina, se rieron de su comentario. La seño no se rio, pero su boca emitió un «¡Ah!» que quería decir que tampoco se lo creía.

—Bueno, en realidad, creo que hemos visto dos sirenas —continuó Sabina—. Una que nos ha conducido hasta una cueva, y la otra que es con la que hemos hablado.

Al decir esto, Sabina levantó su mano izquierda para retirarse un mechón de pelo de la cara. Fue entonces cuando se dio cuenta.

Volvía a tener el anillo en
el mismo dedo del que había
desaparecido. El mismo anillo que
había visto en la mano de la sirena
un rato antes, en la cueva.

—Mira, Miguel. ¡El anillo!
Ha vuelto.

—¿Cómo que ha vuelto?
—preguntó la maestra—. ¿Acaso
lo habías perdido?

—Sí, señorita Carmen. Lo perdí
hace un rato en el agua. Fue al
buscarlo cuando vi a la sirena
que nos dirigió hacia allí —dijo
señalando las grutas de los
acantilados—. Y lo tenía en
la mano la otra sirena. ¿Verdad,
Miguel? Tú también se lo viste
entre los dedos, ¿a que sí?

—Sí. Y brillaba muchísimo a pesar de que la cueva estaba oscura.

—Era por la estrella que lleva dentro —explicó Sabina—. Las estrellas brillan en la oscuridad, aunque yo todavía no haya visto la que se esconde en la piedra.

Carmen los escuchaba y pensaba que debían ir al psicólogo en cuanto llegaran al colegio. Aquellos dos decían cosas muy raras. Después de un hecho tan traumático como la muerte de un ser querido, era normal que a Sabina le pasaran

por la mente ideas extrañas.
Pero tanto como para inventarse
sirenas, y que Miguel también
las hiciera suyas por solidaridad
con su nueva amiga…

—Vamos a ver, chicos. Creo
que tanto rato en el agua os ha
trastornado. No habéis salido
de diez metros a la redonda. No
habéis dejado de estar a mi lado
durante este rato. No habéis
llegado hasta las cuevas. Y
tampoco habéis visto ninguna
sirena. Así que dejad ya de decir
cosas sin sentido, y centraos
en lo que sí veis a vuestro
alrededor. Y no se te vuelva a
ocurrir meterte en el mar con
un anillo que te está grande

y se puede perder con mucha
facilidad.

—Sí, seño.

Y Sabina salió del agua.
Se tendió en la arena para
secarse, cerró los ojos y pensó
en la sirena a la que puso
el rostro de su madre, sus ojos
oscuros y su pelo largo y rojizo.

Gustavino se puso muy contento cuando por fin Miguel llegó de su excursión. No contó a sus padres nada acerca del encuentro con las sirenas. Solo se lo dijo a Gustavino mientras daban su paseo nocturno por el barrio, a la orilla del canal, para que el perro hiciera sus últimas necesidades del día.

—Sí, ya sé que te parece muy raro. Pero es verdad. En la cueva había una sirena y hablamos con ella. Tenía el anillo que había perdido Sabina y que luego volvió a aparecer en su dedo.

Gustavino miraba a Miguel con la misma expresión, pero

perruna, que había puesto
la seño cuando le hablaron
de la sirena.

—Hola, chicos. —La voz
de Sabina a su espalda hizo
que Miguel se girara con
una gran sonrisa.

—Hola. Gustavino tampoco
se cree lo de las sirenas.

—Mi padre tampoco. A pesar
de que él fue quien me contó que
mamá vivía con ellas.
Los mayores y los perros son
muy raros, ¿no te parece?

—Pues sí…

—¿Nos sentamos en ese banco?
Junto al canal había un
viejo banco de piedra
que llevaba

allí más de doscientos años.
Eran muchos, desde luego, pero
no tantos como había dicho
la sirena que tenía ella.

—Parece que las piedras,
algunos árboles y las sirenas son
los seres que más sobreviven
en el mundo —dijo ella—.
¿Sabes por qué me llamo
Sabina?

—Me dijiste que te lo puso
tu madre, pero no me contaste
por qué.

—Pues te lo voy a contar.
Y a ti también, Gustavino —la
chica acarició el lomo del perro,
que le devolvió la caricia con un
lametazo en la pierna—. Sabina
no solo es nombre de chica,

también es nombre de árbol.
Si a «sabina» le quitas la letra
«n», ¿qué queda?

Miguel pensó un momento
y contestó:

—Sabia.

—Y si cambias la «b» por una

«v», ¿qué queda?

—Savia, que es lo que tienen
los árboles.

—Pues esas son las tres razones
por las que mi madre me regaló
un nombre tan bonito. Un árbol,
la sabiduría y aquello que da
la vida a los árboles, sin los que
el resto de la naturaleza no podría
vivir. Es el nombre perfecto.

—Visto así… —A Miguel no
le parecía que hubiera ningún

nombre perfecto, pero no se
lo dijo a su amiga.

De hecho, a él también le
gustaba ese nombre, no solo
porque fuera el de la chica, sino
porque le recordaba a aquella
mujer sabia que vivía dentro de
un árbol...

Se quedaron callados
un momento. Había oscurecido.
En el cielo, las primeras estrellas
los miraban y escuchaban,
cómplices, sus palabras, mientras
que la luna, además, los envolvía
en su níveo rayo. Sabina miró
el reloj y además de la hora vio
otra cosa que le hizo dar
un respingo.

—¡Mira!

—¿El qué? —Miguel pensó
que tal vez su amiga había
vuelto a ver a la sirena.

—La estrella. Ha
aparecido. ¡En la piedra
del anillo!

Efectivamente, en la piedra
se veía claramente una
pequeña estrella de seis

puntas, tan perfecta
que parecía que alguien
la hubiera dibujado.
Y brillaba tanto como
las estrellas lejanas.

   —Ahí está. Como dijo
mi madre. La estrella encerrada
en la piedra.

—Eso quiere decir…

—Eso quiere decir que mi madre estará conmigo mientras existan las estrellas.

—O sea, mientras existan las sirenas.

—Eso.

Gustavino miraba las estrellas y movía su rabo de un lado a otro. Se tumbó sobre la hierba y se rascó la cabeza con una pata. «Estrellas dentro de las piedras», «sirenas que hablan y devuelven anillos perdidos…».

Pensó que los humanos decían cosas muy raras.

Pero mucho.

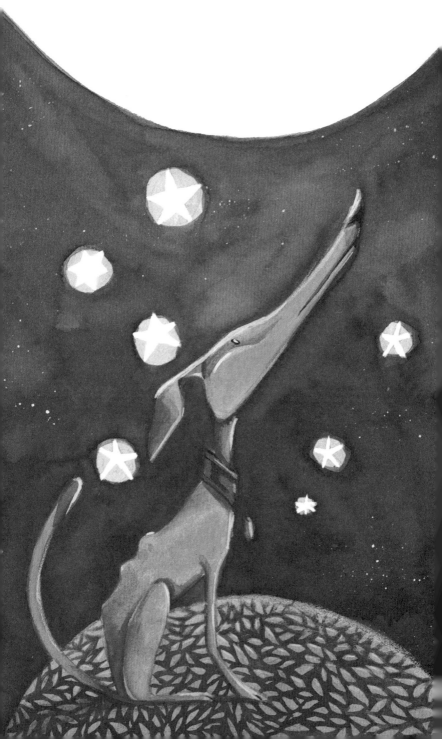

Escribieron y dibujaron…

Ana Alcolea

—*Ana Alcolea (Zarago-*
za, 1962), autora galar-
donada en 2016 con el
Cervantes Chico, nos
presenta, de nuevo, una
historia infantil muy
emotiva y protagonizada por unos personajes que ya
conocimos en El abrazo del árbol. *¿Cómo ha sido vol-*
ver a escribir sobre Miguel y Gustavino?

—Cuando se le coge cariño a un personaje, es muy fácil volver con él, en este caso con ellos, Miguel y Gustavino. Los he hecho formar parte de mi familia y quiero saber más de ellos, qué les ocurre, qué nuevos amigos tienen, cómo van descubriendo la vida...

—*¿Le quedan más aventuras que vivir a Miguel?*

—Estoy segura de que sí... Yo ya tengo unas cuantas en mi cabeza que están pugnando por salir y cobrar vida en forma de palabras y de ilustraciones. Miguel y Gustavino están muy vivos y quieres continuar haciendo muchas cosas y transmitiéndoles a los lectores sus emociones y sus aventuras.

—*Miguel conoce a una niña cuya madre acaba de fallecer. Una premisa muy dura para un libro infantil. ¿A los niños se les puede hablar de todo?*

—Creo que a los niños se les debe hablar de casi todo, pero con la delicadeza y el respeto que merecen. Yo no escribo libros de recetas para entender mejor las diferentes circunstancias de la vida. Cada uno de nosotros experimentamos los hechos de manera distinta. Los adultos y los niños. No espero que los niños comprendan mejor la naturaleza de la muerte después de leer este libro (ninguno lo entendemos, ni los mayores ni los peques), pero sí que la sientan como algo que forma parte de la realidad de todos. No he creado una fantasía en la que, por ejemplo, la madre de Sabina vuelva a la vida, sino un relato realista en el que la protagonista sienta y acepte dentro de sí misma tanto la ausencia como la presencia vital de su madre, que vivirá siempre en ella.

David
Guirao

—*David Guirao (Zaragoza, 1973) ha ilustrado ya varios libros de Ana Alcolea. También la primera aventura de Miguel en* El abrazo del árbol.

¿Qué tal ha sido el reencuentro con los personajes? ¿Los ha encontrado muy diferentes al libro anterior?

—Volver a reencontrarse con Miguel y Gustavino ha sido genial. Si lees los dos libros hay detalles que los conectan, pero esta nueva historia es muy diferente, se amplían los espacios: además del parque con el árbol, aparecen la escuela de Miguel, la playa, una cueva… También es diferente porque Gustavino tiene una menor presencia que en el libro anterior, pero en cambio hemos ganado un nuevo y muy interesante personaje, Sabina.

—*Ha ilustrado para esta historia a unas sirenas, personajes míticos por excelencia, pero la imagen que ha presentado es algo distinta a la que suele ser habitual. ¿Qué destacaría, por ejemplo, de la que habla con los niños?*

—Hasta ahora nunca había dibujado sirenas. Nuestra sirena tiene un toque etéreo o élfico, le he dibujado tatuajes, unas manos palmeadas y entre su cabello hay coral, estrellas de mar, conchas e incluso mejillones, quería reflejar en todo momento que se trata de un personaje marino. Por cierto, dibujar este libro ha sido estupendo, porque ademas de dibujar sirenas también he tenido que dibujar piratas.